COLLECTION

DE

TABLEAUX ANCIENS

EXPOSITION PUBLIQUE

Le Dimanche 10 Novembre 1872

DE UNE HEURE A CINQ HEURES

COMMISSAIRE-PRISEUR

Mᶜ CHARLES PILLET,
10, rue de la Grange-Batelière.

EXPERTS

M. DHIOS ᴇᴛ GEORGE,
33, rue Lepeletier.

EXEMPLAIRE DE DHIOS

CATALOGUE

DE

TABLEAUX ANCIENS

DES ÉCOLES

FLAMANDE ET HOLLANDAISE

PARMI LESQUELS

Un Paysage de SALOMON RUYSDAEL

Et de quelques Ouvrages des

ÉCOLES FRANÇAISE & ITALIENNE

Provenant de la Collection d'un amateur

DONT LA VENTE AURA LIEU

HOTEL DROUOT, Salle n° 3

Le Lundi 11 Novembre 1872

A DEUX HEURES PRÉCISES.

Par le ministère de Mᵉ **CHARLES PILLET**, Commissaire-Priseur,
10, rue de la Grange-Batelière.

Assisté de MM. **DHIOS** et **GEORGE**, experts, rue Lepeletier 33.

Chez lesquels se distribue le présent Catalogue.

EXPOSITION PUBLIQUE : *le Dimanche 10 Novembre 1872,*
DE UNE HEURE A CINQ HEURES

CONDITIONS DE LA VENTE

Elle sera faite au comptant.

Les adjudicataires payeront *cinq pour cent* en sus des enchères.

L'exposition mettant le public à même de se rendre compte de l'état des objets, il ne sera admis aucune réclamation une fois l'adjudication prononcée.

———

Paris. — Typ. PILLET fils aîné, rue des Grands-Augustins, 5.

DÉSIGNATION

ADRIAENSSEN (AL.)

1 — Oiseaux morts.

ASSELYN

2 — L'Abreuvoir.

BAEN (DE)

3 — Portrait de femme.

BALEN (H. VAN)

4 — Triomphe de Neptune et d'Amphitrite.

BEGA (Cornille)

5 — Fumeur.

BEGA (Attribué à c.)

6 — Tabagie flamande.

BEGYN (Abraham)

7 — Paysage avec pâtres et animaux.

BELLOTTO (B.)

8 — Intérieur d'un palais à colonnades.

BOSCH (B. Vanden)

9 — La Consultation.

BOSCH (B. Vanden)

10 — L'Astrologue dans son cabinet.

BOUCHER (ÉCOLE DE)

11 — Bergère gardant des moutons.

BOURDON (SÉB.)

12 — Famille de bohémiens.

BOUT et BOUDEWYNS

13 — Procession sur la place d'un village.

BRAND (CHRÉTIEN)

14 — Paysage avec torrent.

BRAUWER (ÉCOLE DE)

15 — Le Chirurgien de village.

BREDAEL (P. VAN)

16 — Villageoise conduisant des chèvres.

BREUGHEL

— 17 — Paysage. Les Pèlerins d'Emmaüs.

BRUANDET

— 18 — Pyramide dans un site boisé.

CAMPHUYSEN

— 19 — Cheval blanc.

CHARDIN (Attribué à)

— 20 — Nature morte.

CHARDIN (Attribué à)

— 21 — Nature morte.

CORTONE (ÉCOLE DE P. DE)

— 22 — Repos de la sainte Famille.

COYPEL

23 — Flore et Zéphyr.

CRANACH

24 — Judith.

CREPIN

25 — Le Temple de la Sybille.

CROOS

26 — Vue de Hollande.

DEVERIA (Attribué à)

27 — Jeune dame en costume moyen âge.

DYCK (ÉCOLE DE VAN)

28 — Portrait d'homme.

EVERDINGEN (A. VAN)

29 — La Cascade.

FRANCIA (D'après)

30 — Mariage mystique de sainte Catherine.

FRANCK et BREUGHEL

31 — La Madeleine couronnée par les Anges.

GAEL (BARENT)

32 — Halte de voyageurs devant une hôtellerie.

GESSI

33 — Petit garçon faisant voler un papillon.

GIRODET ?

34 — L'Odalisque.

GREUZE (GENRE DE)

35 — L'Enfant au papillon.

HALS (D'après FRANS)

36 — Portrait de jeune seigneur.

HAYE (REINIER DE LA)

37 — Portrait de jeune homme.

HEEMSKERK

38 — Cabaret flamand.

HERSENT

39 — Vénus couchée.

HOLBEIN (ÉCOLE DE)

40 — Portrait de jeune femme tenant un chapelet.

HOREMANS

41 — Les Petits dessinateurs.

HUBERT ROBERT ?

42 — Fontaine au milieu de ruines.

HUYSMANS DE MALINES

43 — Paysage boisé.

KAUFFMANN (ANGELICA)

44 — Portrait d'abbé.

KESSEL (VAN)

45 — Les Animaux de la création.

KESSEL (VAN)

46 — Étude de perroquets.

LALLEMAND

47 — Bûcherons au bord d'une rivière.

LANCRET (École de)

48 — La Collation.

LEBRUN (École de)

49 — La Chute de saint Paul.

LEEUW (Vander)

50 — Pâtre endormi et animaux.

LOCATELLI

51 — Ruines du Colisée.

LOO (École des Van)

52 — Portrait du duc de Penthièvre.

LOUTHERBOURG

—53 — La petite bergère.

MALTAIS (LE CHEVALIER)

—54 — Nature morte, tapis, etc.

MARATTI (ÉCOLE DE)

—55 — Portrait d'un jeune seigneur.

MICHAU

— 56 — Villageois sur un monticule.

MILET

—57 — Paysage.

MOLENAER

—58 — La bonne aventure.

NIEULANT (ADRIEN VAN)

59 — Villageoise trayant une vache.

NOEL

60 — Tempête.

ORRENTE (PEDRO)

61 — La Nativité.

ORRIZONTE

62 — Paysage italien.

OSTADE (ÉCOLE D'A. VAN)

63 — Le mangeur de harengs.

OSTADE (ÉCOLE DE)

64 — Scène flamande.

OTTO VENIUS

— 65 — Les Banquiers juifs.

PATEL

— 66 — Palais et Tombeaux.

PETERS (B.)

— 67 — Marine.

POTTER (Attribué à P.)

— 68 — Animaux au pâturage.

PRÉVOST

— 69 — Corbeille de fleurs.

QUIERINGS ET VAN BALEN

— 70 — Moïse sauvé des eaux.

RAOUX

71 — Scène galante.

RESTOUT

72 — Sujet tiré de l'histoire romaine.

RIGAUD (ÉCOLE DE)

73 — Portrait d'homme.

ROSA DI NAPOLI

74 — Animaux au repos.

ROTTENHAMER

75 — La Madeleine.

RUYSDAEL (SALOMON)

76 — Vue d'une ville de Hollande.

Beau tableau du maître.

RYSBRAECK et GILLEMANS

77 — Amours entourant un buste de fleurs.

SAFT-LEVEN (H.)

78 — Vue des bords du Rhin.

SCHŒVÆRDTS

79 — Fête villageoise.

SCHUTZ de FRANCFORT

80 — Paysage.

SENAVE

81 — Le Forgeron.

SERVANDONI

82 — Ruine.

STORK (AB.)

83 — Port de mer.

SWANEVELT (HERMAN)

84 — Paysage avec rivière.

SWEBACH (ED.)

85 — Halte de hussards.

TAUNAY

86 — Animaux sur une montagne.

TENIERS (ÉCOLE DE)

87 — Chimiste dans son laboratoire.

Grisaille.

TENIERS (ÉCOLE DE)

88 — Les Ermites.

VALLIN?

89 — Tête de Bacchante.

VERBRUGGEN

90 — Guirlande de fleurs et perroquets.

Deux pendants.

VERDIER

91 — Le Fleuve de la vie, allégorie.

VERENDAEL

92 — Fruits et papillon.

VERNET (Attribué à JOSEPH)

93 — Pêcheurs au bord de la mer.

Esquisse.

WATTEAU (D'APRÈS)

94 — Dame tenant un éventail.

WITT (E. DE)

95 — Intérieur d'église.

WOUWERMAN (Attribué à PIERRE)

96 — Le Trompette.

WYCK (THOMAS)

97 — Savant dans son cabinet.

ZEEMAN (RENIER)

98 — Flotte hollandaise.

ZUCCARELLI

99 — Bergers au bord d'un torrent.

ÉCOLE FRANÇAISE

100 — Scène galante.
101 — Vase de fleurs.
102 — Portrait de jeune femme.

ÉCOLE FLAMANDE

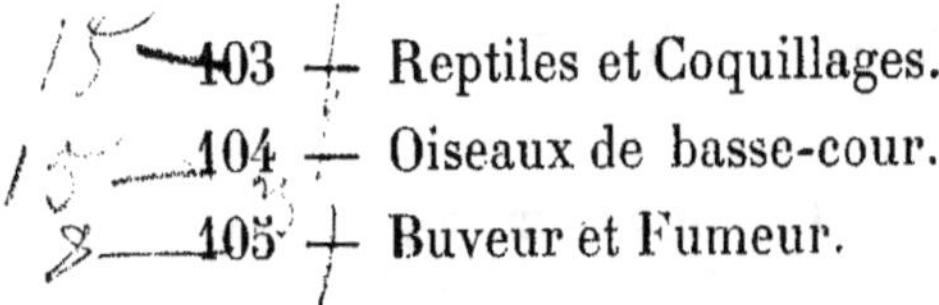

103 — Reptiles et Coquillages.

104 — Oiseaux de basse-cour.

105 — Buveur et Fumeur.

ÉCOLE ITALIENNE

106 — Les Noces de Psyché et de l'Amour.

107 — Vierge et Enfant.

ÉCOLE PRIMITIVE D'ITALIE

108 — Saint Évêque.

ÉCOLE LOMBARDE

109 — Sainte Catherine.

ÉCOLE ESPAGNOLE

110 — Saint François Xavier.

111 — Sous ce numéro seront vendus environ
vingt tableaux des diverses écoles.

—··∞··—

Bordreau C. | Bordreau Commission

69 - corbeille ____ C____ 9.t | 61 - [...]
81 - fagnon senare ____ | 47 - Esquis demoie   11
68 - Potter ____   15 | Huytman, ____   6
63 - Ostad ____   38 | 24 - Ganach ____   83
19 - a Sholegm ____   12 | 41 - Balen ____   170
57 - Paysag ____   9 | 36 - Hals ____   38
     Soleil couchant ____ 11 | 97 - Wyck ____   99
     3 tableaux ____   23 | 86 - Launay ____   210
                                  | 44 - pistrac ____   56
                 ________ | nature mrte ____   10
                     152.0